1

Besuch im Westen

Ricky Strong

7 Geschichten

Alle Stories sind frei erfunden
Idee, Layout, Cover: Ricky Strong

Impressum

Herstellung und Verlag:
BoD - Books on Demand, Norderstedt
ISBN 978-3-7504-1756-4

© *2019*

Besuch im Westen
30 Jahre Mauerfall

6   Ein Wende-Märchen

11   Mein Aufbruch

19   Besuch im Westen

24   Meine Ankunft im Westen

28   Silvesterengel der Freiheit

32   Mein schönstes Geschenk

40   Wiedersehen

Ein Wende – Märchen

Maueröffnung 1989

Der Grenzsoldat sah mich mit großen Augen an. Er war sich wohl nicht so ganz schlüssig, sollte er mich nun durchlassen oder nicht? Dutzende von Leuten quetschten sich an mir vorüber. Wenn ich jetzt einfach nur losliefe, wird er bei mir wohl auch nichts sagen. Mit weit aufgerissenen Augen schlich ich mich an dem sichtlich nervösen Soldaten vorbei. Er hatte sich wieder von mir abgewendet und sprach unentwegt irgendwas in sein Mikrofon. Um mich herum war ein tierisches Geschrei! Die Leute sangen, klatschten, schrien, riefen, weinten, fielen sich in die Arme! Was für ein Moment, was für ein Augenblick! Ziellos rannte ich einfach los, atmete dabei die würzig feuchte West-Luft tief in mich ein. In diesem Augenblick fühlte ich mich so frei, so unendlich frei! Irgendwo, an einem etwas ruhigeren Ort blieb ich stehen, konnte einfach nicht mehr. Auf der gegenüberliegenden Straßenseite stand ein Mädchen. Sie trug geringelte Kniestrümpfe und schaute zu mir herüber und lächelte ziemlich frech! Irgendwie sah sie jemandem ähnlich, nur wem? Plötzlich schoss es mir in den Sinn – ja, sie musste eine Figur aus meinen Kindertagen sein, wie hieß die doch gleich: Pippi, Pippi Langstrumpf! Na klar, das musste Pippi Langstrumpf sein. Wie versteinert stand ich da und konnte mich nicht rühren. Hatte sie auf mich gewartet?
War sie extra wegen mir hierhergekommen? Unmöglich! Das kecke Mädchen lachte und winkte. „Komm rüber", rief sie mir zu. Ich konnte es nicht

glauben. Ich sprang über die Straße, hätte beinahe noch ein Auto übersehen und stand plötzlich vor ihr. Ihre lustigen Sommersprossen leuchteten märchenhaft durch die Dunkelheit. Ich schaute sie an, schaute hinter sie, um zu kontrollieren, ob sie auch die langen Zöpfe hatte. „Genau wie damals im Fernsehen", rief ich laut. „Du bist doch Pippi, Pippi Langstrumpf?" Das Mädchen nickte. Dann rief sie lachend: „Komm, lass uns Karussell fahren! Es ist so schön, dass Du endlich hier bist!" Damit zog sie mich trällernd hinter sich her. Sie sang immer lauter und irgendwie hatte ich große Lust, mitzusingen. Ich kannte das Lied von irgendwoher. Ja, ich hatte es im Fernsehen schon einmal gehört. „Los, sing mit", rief sie. Und ich sang, obwohl ich in der Schule beim Singen immer eine 3 hatte. Jetzt aber konnte ich singen und so richtig fröhlich sein. Wir rannten die Straße hinunter, bis wir zu einem einsam gelegenen, verlassenen Rummelplatz gelangten. Alles lag in gespenstischer Ruhe und träumte vor sich hin. Das Mädchen sang und trällerte in allen Tonlagen und auf einmal flackerten bunte Lichter auf. Ganz langsam begannen sich die Karussells zu drehen. Laute Musik ertönte und Pippi sprang mit einem Satz auf ein hölzernes Pferd! „Los, komm mit rauf, wir fahren ein paar Runden!" Das Karussell setzte sich in Bewegung und wurde schneller, schneller, immer schneller! Ich konnte das Gleichgewicht schließlich nicht mehr halten, vor meinen Augen drehte sich alles, ich fiel, dann wurde es dunkel. Meine Zunge schien bleischwer zu sein und mir war übel. Langsam öffnete ich meine Augen. Doch es war dunkel. Noch immer schien es Nacht zu sein. „Pippi, Pippi, bist du noch da", rief ich krächzend. Doch es antworte keiner. Stöhnend erhob ich mich. Irgendwie musste ich vorhin von diesem Holzpferd gefallen sein. Ich verstand gar nichts mehr. War das alles etwa nur ein Traum? Doch warum lag ich dann hier auf diesem verlassenen Rummelplatz im Dreck? War ich am Ende in Trance hierhergelaufen? Doch dann fiel mir wieder ein, wie lustig alles war. Das Lachen, der Gesang und das hübsche Mädchen selbst. Es war wie ein Wunder und mir war, als wäre ich in dieser Nacht Pippi Langstrumpf begegnet. Sollte sie tatsächlich nur ein Traum gewesen sein? Wenn ja, dann wars ein wunderschöner Traum. Ich wischte mir den Schmutz von Hose und Jacke. Aus welcher Richtung mochten wir gekommen sein? Egal, ich muss weg von hier, schoss es mir durch den Kopf. Mit straffem Schritt lief ich los. Während des Fußmarsches wurde mir klar, ich musste sie suchen. Ich wollte unbedingt wissen, wer dieses geheimnisvolle Mädchen war. Als ich sie so vor meinem inneren Auge sah, wurde mir ganz warm ums Herz. War das schon Liebe? War da mehr, als ich mir anfangs eingestanden hatte. Ja, ich mochte sie, aber Liebe? Und woher kam dieser Wunsch oder war es ein innerer Drang, sie unbedingt wiedersehen zu wollen. Wieso? Ich konnte mir diese Frage nicht beantworten. Die Erinnerung kehrte zurück. Diese Grenzöffnung, Westberlin, diese wundervolle Stadt bei Nacht. Und dann dieser Traum, dieser seltsame Rummelplatz. Unterdessen musste ich auf eine Straße gelangt sein. Die Straßenlaternen blendeten mich. Und schon wieder verschwamm alles vor meinen Augen! Doch halt, nein, es waren meine Tränen! Langsam wurde es heller und viele Menschen kamen mir entgegengerannt. Sie lagen sich weinend in den Armen. Einige stießen mit Sekt an. Andere redeten ununterbrochen. Deutschland war wiedervereinigt! Wie wunderbar, wie zauberhaft war doch diese eine

Nacht! So geheimnisvoll und anders als jede andere bisher. Ich mischte mich unter diese wilde, fröhliche Menge. Doch was war das? Ich erschrak, ich konnte nicht lachen, ich konnte einfach nicht mehr lachen! Das Erlebnis mit Pippi schien mehr und mehr in den Hintergrund zu treten. Die Lichter dieser riesigen Stadt überschwemmten mich, als ich zusammen mit den anderen in Richtung „Alexanderplatz" lief. Sprechchöre und Autosirenen hallten durch die Straßen! Leuchtraketen verbanden jetzt Ost und West! Der Fernsehturm blinkte in allen Farben, kündete von einer neuen Zeit! Ja, da begann etwas ganz Neues, ich spürte es, jeder spürte es! Was lag da noch vor uns? Heute muss ich sagen, es waren lediglich meine ganz eigenen Fragen. Ich wollte wohl einfach keine Antworten haben. Nicht einmal die Fragen schienen wichtig. In dieser Stunde „Null" waren alle Menschen Brüder und Schwestern. Jeder fühlte das Gleiche. Alle waren sich plötzlich so einig. Und nur so konnte es gelingen! Selbst die Grenzsoldaten, die ziellos durch die Grenzbefestigungen irrten, kannten sich nicht mehr aus. Einige hatten ihre Mützen abgenommen, andere fingen einfach an zu weinen. Es schien, als fiel selbst von diesen einstmals so harten Bluthunden die Starre von den Gesichtern. Es schien, als hätte diese gewaltige Kraft der Millionen Herzen auch ihr Herz erweicht. So manche Mutter drückte einen schluchzenden Soldaten an ihre Brust. Ach, es waren doch noch Kinder. Und irgendwo rief jemand durch die Nacht: *„Menschen, wir sind ein Volk!"* Die Einzigartigkeit dieses Augenblickes ließ mich nicht mehr los, hielt mich gefangen. Und weit vor mir sah ich plötzlich ein mir bekanntes Gesicht! Ein junges Mädchen stieg gerade in ein Taxi. Vorher küsste sie den Taxifahrer und drehte sich noch einmal um. Ein

Blitz durchzuckte mich – Pippi, ja, da war sie wieder, Pippi Langstrumpf! Ich versuchte, schneller zu gehen, schrie immer wieder ihren Namen: „Pippi, Pippi, warte doch auf mich! Lass mich mit Dir ziehen!" Doch ich schaffte es nicht, mich durch all die taumelnden und glückslethargischen Menschen zu kämpfen. Ich stolperte, sah nur noch, wie Pippi zu mir herüberschaute. Sie winkte, warf mir einen Kuss zu und rief lachend: „Bis mal wieder, weißt ja, auf dem Rummelplatz!" Ich erkannte Tränen in ihrem Gesicht. Und ich lachte nicht, ich weinte. „Nein", rief ich mit letzter Kraft, bis auch mir die Stimme versagte, „nein, geh nicht! Pippi warte auf mich!" Krampfhaft umklammerte ich einen Laternenpfahl, rutschte weinend an ihm herunter. „Nein, geh nicht", wimmerte ich mit letzter Kraft. Doch ich konnte sie nicht halten. Durch den einsetzenden Regen sah ich noch, wie sie sich in die Autositze fallen ließ. Dann fuhr der Wagen langsam davon. In einer plötzlich vorbeiwehenden, seltsam silbrigen Nebelwolke verschwand sie auf Nimmerwiedersehen. Und in diesem Augenblick wusste ich es genau: Ich musste sie wiedersehen, ich musste mein Lachen wiederfinden!

Mein Aufbruch

Drei Jahre waren vergangen. Längst hatte ich einen tollen Farbfernseher, Designerjeans und ein kleines West-Auto. Und ich brauchte keinen Intershop-Laden mehr, um mir von geschachertem Westgeld ein Glas Schokoladencreme zu kaufen. Nein, wir waren ja nun auch „Westen"! Die Ereignisse in der schicksalsträchtigen Nacht der Maueröffnung hatten sich tief in mein Gedächtnis eingegraben. Oft träumte ich davon. Ich sah dann all diese vielen Menschen, diese weinenden Männer, Frauen, Kinder, die Soldaten. Sah all die glücklichen Gesichter, sah die stolzen Mütter, die ihre Söhne, die an der Grenze ihren Dienst taten, endlich wieder in den Armen halten konnten. Nie hätte ich so etwas für möglich gehalten. Nie hätte ich geglaubt, dass dieses so gegensätzliche Ost- und Westdeutschland einmal wieder zueinanderfinden könnte. Ich denke, niemand hätte das je für möglich gehalten. Doch es ist geschehen! Es ist Realität geworden und wir durften diese einzigartigen Zeiten miterleben! Was für ein Geschenk! Doch da war auch tiefe Trauer in mir. Sie lag auf meiner Seele wie ein Schatten, der nicht weichen wollte. Ich konnte nicht mehr lachen. Wieso nur? Dieses junge Mädchen, Pippi Langstrumpf, wie ich sie nannte, ging mir nicht mehr aus dem Sinn. In den letzten Monaten spürte ich es immer deutlicher: Ich musste endlich aufbrechen, um sie zu suchen! Und ich wollte ein neues Leben beginnen, ein Leben weit weg von hier. Ich wollte fort, nach Finnland, Schweden oder sogar bis nach Amerika, nach Hollywood! Vielleicht fand ich Pippi Langstrumpf ja dort irgendwo?

Vielleicht fand ich ja dort mein Lachen und mein Glück, welches mir durch die vielen dramatischen Erlebnisse irgendwie abhandengekommen war? Irgendwo in den Fjorden, irgendwo in den Wäldern, irgendwo in einer anderen Welt? Irgendwann hatte ich alles erledigt. Der Job war gekündigt, die Wohnung abgemeldet, die Sachen gepackt. Alles war verkauft und ich nahm meinen Rucksack und zog los. Eigentlich schien es grotesk, dieses eben erst befreite und vereinte Deutschland zu verlassen, nur, um Pippi Langstrumpf zu suchen. Eine Figur aus einer Kindergeschichte. Doch ich hatte sie selbst gesehen, ich war ihr begegnet! Ich hatte meine Kindheit wiedergefunden und doch wieder verloren. Aber sind wir nicht alle irgendwo noch Kind geblieben? Sehnen wir uns nicht alle nach einer Zeit zurück, die wir nie mehr erleben werden, wenn wir mal „erwachsen" sind? Hören wir nicht manchmal diese Kinderlieder, deren Text wir damals einfach nicht lernen wollten? Ich schaute mich noch einmal um. Jetzt verließ ich nun diese intakte Welt. Diese Welt, die mir eigentlich die Erinnerung an meine eigene Kindheit wiederbringen müsste und doch nicht konnte. Diese Welt, in welcher mir das Lachen abhandengekommen war. Warum sind wir Menschen so rastlos? Warum sind wir so stimmungsabhängig? Warum können wir nicht einmal zufrieden sein mit dem, was wir besitzen? Warum sind wir nie glücklich? Warum wollen wir es nicht sein? Die alte knarrende Haustür fiel knackend ins Schloss. Ich warf meinen Rucksack und die kleine Reisetasche ins Auto. Ein letzter Blick zurück – da oben im zweiten Stock, da war mal mein zu Hause. Die Reise dauerte ewig. Berlin lag schon seit Stunden weit hinter mir, da war plötzlich gar nicht mehr so klar, wohin die Reise wirklich gehen sollte. Irgendwo an einem einsamen See hielt ich den Wagen an. Wieso eigentlich sollte Pippi Langstrumpf immer im Norden leben? Wieso hat sich noch nie jemand gefragt, ob sie vielleicht nach Amerika ausgewandert wäre? Wieso eigentlich? Der Gedanke lag jetzt ganz nah, die Richtung einfach zu ändern. Ich lehnte mich zurück, sollte ich vielleicht am Ende wieder zurückfahren? Einfach noch einmal von vorn anfangen, wie so viele andere auch. Komisch, solche Fragen hätte ich mir vor ein paar Monaten nie gestellt. Aber jetzt, hier und heute? Alles hatte sich verändert. Manchmal hatte ich den Eindruck, die ganze Welt sei im Aufbruch. Irgendetwas lag in der Luft. Irgendetwas schrie in einem Fort nach Veränderung. Und warum suchte ich überhaupt nach Pippi? Nur, um ein klitzekleines Stück der verlorenen Kindheit zurückzuerobern? War sie am Ende doch nur ein Produkt meiner zu lebhaften Fantasie? Natürlich, ich musste ja nicht suchen. Ich könnte noch ewig in meiner kleinen Wohnung leben und warten, auch ohne Lachen. Nein, ich wollte weg! Ich musste weg! Mich interessierten die Menschen, deren Wege, und die Welt sowieso. Und ich konnte eben nicht mehr an einem Ort bleiben, wo ich immer noch trauriger wurde. Hatte sich die kleine Wohnung, diese winzige Welt dort im Kiez nicht längst erledigt? Hatte ich dort tatsächlich schon alles erlebt, was man an solch einem kleinen Fleckchen Erde erleben kann? Oder war es eine Flucht, eine Flucht vor mir selbst? Die DDR kannte solche Ansichten nicht. Da war alles vorgezeichnet, vom Kindergarten an. Nichts schien unklar, es war für alles gesorgt.

Die Schule, die FDJ, die Berufsausbildung, dann die GST, alles war so sonnenklar. Und dann hätte ich sicher eine nette Frau kennengelernt, ja und Kinder und eine Neubauwohnung, und, und, und? Und mein Leben? Hätte ich das auch noch? Diese Wende schien mir irgendwie mein Leben zurückgegeben zu haben. Doch die Zeiten sind schlecht. Und ich bin auch nicht Millionär geworden. Ist das trotzdem Glück oder machte ich mir da was vor? Diese vielen Menschen auf der Mauer, die dann fiel. Ja, sie fiel einfach um! Und ich? Ich saß nun in meinem kleinen West-Auto und fuhr zu Pippi Langstrumpf. Ist das nicht irre? Es begann zu nieseln. Der Scheibenwischer zog Schlieren über die Scheibe. Auch dämmerte es ganz langsam. Plötzlich erschien alles sonnenklar! Ja, ich wollte einfach wieder zurückfahren, um dann noch einmal von vorn anzufangen. Ich hangelte mich aus dem Wagen, streckte mich lautstark und machte ein paar Gymnastikübungen. Der Regen lief mir in den Hemdkragen, lief mir eiskalt den Rücken herunter. So etwas sollte eigentlich unangenehm sein, doch mir gefiels. Er kühlte mich ein bisschen ab, erfrischte mich und meine Seele. Er reinigte auch meinen Kopf, irgendwie. In der Dämmerung erkannte ich eine Person. Sie lief geradewegs auf mein Auto zu. Durch den immer stärker werdenden Regen konnte ich sie schlecht erkennen. Ich versuchte, etwas auszumachen. Doch es gelang mir nicht. Ich setzte mich leicht fröstelnd ins Auto zurück und wischte mir das Wasser aus Gesicht und Nacken. Auch die Brille lief an und ich legte sie auf den Beifahrersitz. Die Person, die ich vorhin in der Ferne ausgemacht hatte, stand jetzt dicht vor meinem Wagen. Ich erstarrte, es war Pippi, Pippi Langstrumpf! Das konnte doch gar nicht sein. Ich musste verrückt geworden sein. Kein Wunder, bei der langen Reise, und gegessen hatte ich auch so gut wie nichts. Wahrscheinlich rebellierten meine Sinne? Doch die vermeintliche Pippi fing lautstark an zu lachen. Sie wischte sich das Regenwasser aus dem Gesicht. Dann öffnete sie die Autotür. „Na, sag mal, wo steckst Du denn? Ich habe Dich überall gesucht", dabei grinste sie und ihre Abermillionen Sommersprossen verteilten sich über ihr gesamtes Gesicht. Ich stotterte: „Nein, ich habe DICH gesucht und nicht Du mich! Aber Du bist ja damals einfach davongefahren!" Sie nickte grinsend und sagte leise: „Manchmal geh ich noch auf unseren Rummelplatz und fahre Karussell. Aber allein macht das keinen Spaß." Schließlich schniefte sie laut, lief um das Auto herum und ließ sich neben mir auf den Beifahrersitz fallen. Mit einer mutwilligen Handbewegung streifte sie sich derart heftig über ihre klitschnassen Klamotten, dass es bis zu mir herüber spritzte.

Ich schrie nur noch: „Nicht, meine Brille!" Doch Pippi lachte und zog sie völlig intakt unter ihrem Allerwertesten hervor. „Suchtest Du die hier?" Sie lachte schallend auf und setzte mir das vermeintliche Nasenfahrrad singend auf die Nase. „Und", fragte sie dann frech, „was machen wir jetzt?" Ich zuckte mit den Schultern. So lange war ich unterwegs gewesen, wollte sogar bis nach Schweden fahren. Und dann saß dieses freche Gör plötzlich neben mir und lachte mich aus. Doch in meinem Herzen breitete sich ein seltsames Gefühl aus, so etwas wie eine wohlige, sehr angenehme Wärme. Eine Wärme, wie ich sie lange nicht mehr gespürt hatte. Es war ein Gemisch aus Glück und Freude. Ja, ich war glücklich, einfach nur glücklich. Ich hatte sie gefunden, ich hatte meine Pippi wiedergefunden! Sie hatte mich begleitet durch meine Kinderzeiten, durch die Wendezeiten und nun war sie hier, hier bei mir. „Also, wenn wir hier noch länger warten, dann zwick ich Dich in den Hintern", rief sie plötzlich laut. Dabei zog sie eine Flöte aus ihrem kleinen Rucksack und begann zu spielen. Sie spielte wunderbar und schwenkte ihren frechen Kopf hin und her. Ihre langen Zöpfe flogen mir ins Gesicht und ich begann dazu zu singen – irgendwas, was mir gerade so einfiel. Sie spielte und ich sang! Und wir waren in diesem Moment so sagenhaft ausgelassen und glücklich, wie vielleicht schon lang nicht mehr. Wo war sie nur hergekommen? Ich wollte sie zwar fragen, ließ es dann aber doch. Als sie fertig war mit ihrem Spiel, rief sie: „Los, jetzt fahren wir wieder zurück nach Berlin! Ich habe noch 'ne Überraschung für Dich!" Unterwegs erzählte sie mir, was sie alles noch vorhatte. Es hörte sich an wie ein verrückter Kindertraum. So etwas konnten sich gar keine Erwachsenen vornehmen, Eis essen, singen, tanzen, in den Mond gucken, karussellfahren, träumen, reiten, baden gehen, Fahrrad fahren und Leben, einfach nur leben!

„Pass mal auf, Du Miesepeter", rief sie plötzlich, „Du solltest nicht einfach aufgeben. Fortgehen kannst Du noch alle Tage! Lern doch erstmal Deine Heimat richtig kennen! Such Dir Gleichgesinnte und laufe mit denen dann durch die Welt! Zieh durch Berlin und durch alle Kneipen! Was willst Du schon im Norden oder in Amerika? Du alter Esel, haha, lala, Du bist ein Esel, Du bist ein alter Esel lala!" Damit schien der Fall für sie erledigt. Also gut, dann eben auf nach Berlin! Ihr magischer Frohsinn war voll auf mich übergegangen. Ihr fortwährendes Lachen und ihr lautes Singen stachelten mich an. Ich konnte gar nicht mehr traurig sein, auch, wenn ich spürte, wie Tränen über mein Gesicht rannen. Und plötzlich erhob sich unser Auto und flog in den dunklen Abendhimmel, geradewegs auf den großen gelben Mond zu. Kopfschüttelnd ließ ich das Steuer los. Von irgendwoher erklangen leise Weihnachtslieder. Ich hatte es aufgegeben, mich zu wundern. Pippi schaute mich mit ihren großen Kulleraugen an. Dann küsste sie mich auf den Mund und ich hielt sie fest und genoss es einfach. In einer riesigen silbernen Wolke blieben wir stehen. „Komm, aussteigen! Hier bin ich zu Hause!" Sprachlos stieg ich aus dem Wagen. Eingehüllt von sanft-weißen, silbernen Wolken schwebte ich in einer Welt, die ich noch nie zuvor gesehen hatte. Überall waren riesige Gärten mit den schönsten Blumen. Der Mond schien hier so hell, dass die ganze Umgebung in ein mystisch glitzerndes Licht getaucht wurde. Pippi nahm mich an die Hand und wir flogen durch silberne Straßen. Glitzernde Tempel säumten eine Allee aus Palmen, wie konnte das nur sein? „Schau", rief sie mit geheimnisvoller, aber entschlossener Stimme, „sieh Dich nur um! Hier wohnen all die Engel, die unten auf der Welt für Ordnung sorgen müssen! Hier leben die Schutzengel, die Elfen und Nymphen, alle eben!" Ein wahnwitziger Gedanke schoss mir durch den Sinn! Was, wenn diese Wende, diese deutsche Wiedervereinigung ein Werk der Engel war? Sie hatten uns allen die Kraft zurückgegeben, uns selbst wieder zu finden. Ich musste grinsen. Scheinbar war nichts auf dieser weiten Welt unmöglich, nichts! Pippi lächelte mich an. Dann sagte sie leise zu mir: „Ihr müsst wieder lernen, Kind zu sein. Ein Kinderlachen hat noch keinem geschadet. In all den Jahren habt Ihr es verlernt zu lachen. Ihr kauft Euch Dinge, die Ihr nicht bezahlen könnt. Ich wollte immer noch mehr Geld, was Ihr niemals ausgeben könnt. Ihr vergesst das Elend und die Not, die es überall um Euch herum gibt. Und dabei vergesst Ihr das Lachen. Doch Ihr könnt es noch. Findet den Weg zurück. Ihr seid gar nicht verloren. Ihr müsst einfach nur wieder lachen können, mehr nicht." Da begriff ich es, Pippi hatte mir, hatte uns allen das Lachen zurückgebracht. Wir hatten die einmalige Chance in unserer gesamten Geschichte, das Lachen und damit unsere Kinderträume zurück zu erhalten. Pippi deutete nach unten. Ich schaute durch die zarte Wolkenhülle auf die Erde herab. Ein Lichtermeer tat sich auf. Das musste Groß-Berlin sein. Oder Deutschland? Egal, es war meine Heimat! Erleichtert schaute ich zu Pippi herüber. Sie lächelte noch immer. Ich glaubte, eine Besorgnis in ihrem Blick zu entdecken. Dann schaute sie lächelnd nach oben zum Mond. „Jetzt seid ihr bereit", rief sie. Schließlich flogen wir durch diese endlos scheinende Märchensymphonie, geradewegs nach unten in die reale Welt zurück. Ich war noch nie so glücklich und konnte endlich, endlich wieder lachen. Und die Welt unter mir, die war noch nie so schön.

Besuch im Westen

Es war kurz nach der Wende. Die Menschen waren aufgewühlt und voller Enthusiasmus. Neugierde und Aufbruchstimmung lagen in der Luft. Jeder wollte es, in den Westen! Alles DDR-Östliche wurde schlechtgeredet und war mehr als verpönt. Auf den Bahnhöfen herrschte eine Mischung von Abschied, Reiselust und Republikflucht. Jeder wollte weg! Auch ich hielt es nicht mehr aus! Ich wollte in den Westen! Manche unkten sogar schon, dass man die gerade erst gefallene Mauer wieder schließen könnte. Man munkelte von geheimen Stasiplänen, wonach die DDR wieder dichtgemacht werden sollte. Doch all das interessierte mich nicht. Ich platzte bald vor Neugierde, musste nun endlich losziehen. Auch auf unserem Bahnhof war die Hölle los. Alles, was zwei oder vier Beine hatte in dieser Stadt schien auf dem Bahnhof herumzulungern. Man hatte Sonderzüge eingesetzt, weil die fahrplanmäßigen Interzonenzüge diese Masse an Menschen nicht mehr bewältigen konnten. Auch ich musste mich an einer endlosen Warteschlange anstellen, nur, um eine Fahrkarte in den Westen zu ergattern. Meine Reise ging von Zwickau in Sachsen nach Hof in Franken. Ich hatte Glück, ich bekam noch einen Sitzplatz in einem Abteil. Voller Spannung wartete jeder auf den Pfiff des Schaffners. Dann begann die Reise. So bewusst und wach hatte ich noch nie zuvor eine Zugfahrt erlebt. Ich wollte alles in mich aufnehmen, alles bewusst erleben. Bedauerlicherweise saß ich nicht am Fenster. Doch es hatte auch sein Gutes. So musste ich mich irgendwann mit den Mitreisenden unterhalten. Und wie mir schien es auch den anderen zu gehen. Plötzlich schien es, als ob jeder im Abteil das Bedürfnis hatte, zu reden. Eine ältere Dame erzählte, dass sie schon oft im Westen war. Sie erzählte, wie es da so ist. Sie berichtete von gepflegten Straßen und hellen Häusern, von schönen Parks und von prall gefüllten Regalen in den zahllosen Einkaufszentren. Ein anderer Herr bestätigte das und meinte sogar, dass es im Westen anders roch. Ich schaute ihn misstrauisch an und streichelte verlegen einen kleinen Dackel, der sich ängstlich zwischen meinen Beinen versteckt hielt. Der kleine Hund gehörte einer jungen Frau, die ebenso gespannt wie ich den Erzählungen der älteren Mitreisenden lauschte. Während der Gespräche bemerkte keiner, dass wir uns der Grenze näherten. Der Zug rollte langsam auf einen Stacheldrahtzaun zu. Gespenstische Stille breitete sich im Zug aus. Der kleine Dackel war unterdessen unter meinem Sitz verschwunden. Er presste sich mit seinem kleinen Köpfchen ganz eng an meine Schuhe. Der Zug hielt an einem Bahnsteig. In kleinen Abständen standen Armeeangehörige der NVA und warteten wohl auf ihren Einsatzbefehl. *„Die Grenzsoldaten kommen gleich durch und kontrollieren uns",* raunte die alte Frau. Vor Aufregung schlug mein Herz bis zum Halse und wirre Gedanken schossen mir durch den Kopf. Hier also war es, hier wurden Menschen aus den Zügen geholt und abgeführt, einfach so. Hier wurden Familien auseinandergerissen. Hier verschwand so mancher Koffer auf Nimmerwiedersehen. Hier verschwand auch so mancher heimliche Flüchtling. Es war plötzlich so ruhig im Zug, dass man getrost hätte, eine Stecknadel fallen lassen können. Sie wäre wie ein Paukenschlag auf dem Boden aufgetroffen. Ein Geräusch durchbrach die Stille! Jetzt kamen sie, die Grenzer! Vielleicht sogar noch schlimmer – die Stasi? Ich dachte, was wäre, wenn die uns nicht rüber lassen, wenn sie uns alle festhielten. Immerhin hatten sie das ja all die Jahre so getan. Mit einem heftigen Ruck wurde die Abteiltür aufgerissen. Ich zuckte zusammen, schaute auf das beruhigende Gesicht der alten Frau. Die schien meine Aufregung bemerkt zu haben. Sie zwinkerte mir beruhigend zu und nickte mit dem Kopf. Der Grenzer hatte ein weißes, fieses Gesicht. In der Hand hielt er einen großen Aktenblock und machte sich Notizen. Mir schien, als ob dieser Mann nie das Sonnenlicht gesehen hatte. Offenbar konnte er nicht einmal lachen. Doch da, ein leichtes Grinsen huschte über seine hohlen Wangen, verflüchtigte sich aber in seinen tief-frustrierten Mundwinkeln. „Die Ausweise, bitte", rief er laut! Wieder zuckte ich zusammen! Hier an der Nahtstelle zwischen Ost und West, hier an der Linie zwischen Dogma und Freiheit, ausgerechnet hier hielt ich dem Grenzsoldaten meinen sozialistisch-verlorenen Ausweis entgegen. Der Grenzer nahm ihn gefühllos an sich und drückte entschlossen und mürrisch seinen metallenen Stempel hinein. Dann verabschiedete er sich kühl, aber freundlich mit dem Militärgruß von uns und verschwand. Ich atmete tief durch. Wie viele Menschen hatten hier schon gezittert. Wie viele Menschen hatten vor diesem Mann schon Angst, panische Angst. Hatte der vielleicht auch schon mal auf jemanden geschossen? Undenkbar war das nicht. Ich wartete einige Minuten, dann musste ich aufs Klo. Und noch immer kreisten die Gedanken. Hatten sich hier auch die Leute versteckt. Interessiert schaute ich zur Decke. Dort konnte man kleine verschlossene Luken erkennen. Doch ansonsten herrschte nur Schweigen. Ich wunderte mich, dass wir noch immer standen. Gab es Schwierigkeiten? Warum fuhren wir nicht weiter? Nachdem ich mir die Hände abgewaschen hatte, trat ich vorsichtig in den Gang hinaus. Ich schaute zum Fenster, doch was war das? Vor dem Fenster huschten bunte Felder vorbei – ja, wir fuhren bereits. In diesem Augenblick fiel eine tonnenschwere Last von mir. Diese mündete gnadenlos in eine geschichtsträchtige Erkenntnis: Ich war im Westen! Das, was ich mir Jahre und sogar Tage zuvor nicht einmal vorzustellen wagte, erlebte ich jetzt und unmittelbar. Ich befand mich auf westdeutschem Boden und war nicht einmal geflüchtet! Wofür so viele Menschen ihr Leben gaben und sinnlose, jahrelange und harte Haftstrafen verbüßen mussten, das gelang mir mit einem Schritt. Genauer, mit einem Besuch auf der Zug-Toilette, wie makaber und wie einfach. Es war ein wunderbares Gefühl, das mich in diesem Moment beschlich. Ich hatte es erreicht – ich war frei! Und ich wusste in diesem Moment nicht, ob ich jemals wieder zurückfahren würde. Wen würde es schon stören, wenn ich einfach im Westen bliebe? Wen interessierten jetzt noch Selbstschussanlagen und Stacheldrähte? Ich hätte es nie für möglich gehalten, so schnell all diesen albernen Zirkus, den ich bei meinem Pflicht-Wehrdienst eingeimpft bekam, beiseite zu legen und mich einfach nur noch zu freuen, im Westen angekommen zu sein. Und – wen interessierte das jetzt noch? Ich öffnete das Fenster und atmete tief ein. Ja, es stimmte, es roch tatsächlich anders. Es roch nach frischen Blumen, nach Natur und Freiheit. Es roch nach Lust auf Leben und es roch nach großer Welt. Das werde ich wohl nie vergessen. Wie eingeengt war mein Leben bis zu diesem Augenblick. So ebenmäßig und glatt, wie die Gleise hier waren, so ebenmäßig erschien mir meine Zukunft. Ich wusste, dass wir nie wieder eine solche Mauer bauen dürfen! Menschen kann man nicht trennen! Und schon gar keine Landsleute! So etwas funktioniert nicht. Irgendwann fällt jede Mauer. Die abwartende und betretene Stille, die den Zug an der Grenze einhüllte, war längst einem allseitigen Getratsche und Geplapper gewichen. Überall sprachen die Menschen miteinander. Viele Leute lachten und winkten aus den weit geöffneten Fenstern der Waggons. Auch ich winkte und manche riefen zurück, wünschten uns einfach viel Glück. Ich ging in mein Abteil zurück. *„Wir sind gleich da"*, sagte die alte Dame vergnügt. Und ich bemerkte, dass ihre Falten etwas weniger geworden sein mussten.

Meine Ankunft im Westen

Der Bahnhof in der kleinen fränkischen Stadt war eigentlich recht klein. Ein Kleinstadtbahnhof eben. Doch diesen Eindruck gewann ich erst viel später. Die ganze Zeit hatte ich aus dem Abteilfenster geschaut. Ich wollte nichts verpassen. Alles, was „Westen" hieß oder zumindest so aussah, wollte ich sehen. Alles wollte ich spüren, riechen und fühlen. Und ich gebe ehrlich zu, dass ich in diesen Stunden eine ganze Flut von Gefühlen spürte, die mich hin und her rissen. Ja ehrlich, es roch sogar anders. Es waren Menschenmassen, wie ich sie nur zu den DDR-Weltfestspielen in Berlin erlebte. Der Bahnhof drohte beinahe auseinanderzubrechen. Menschen winkten, weinten, riefen laut: „Hallo!" Ich konnte das alles nicht glauben. Hätte mir das vor einem Jahr einer erzählt, hätte ich ihn wohl für total verrückt gehalten. Der Zug hielt an und der ohrenbetäubende Jubel, der Frohsinn der Menschen sprang sofort auf mich über. Er zog in mein Herz und in meine Seele. So etwas hatte ich nie zuvor erlebt. Da waren sie also, unsere Brüder und Schwestern aus dem Westen! Überall auf den Bahnsteigen standen Helfer vom Roten Kreuz. Es gab Tee, heiße Suppe und Decken. Und es gab Trost, sehr viel Trost. Menschen, die sich nie zuvor gesehen hatten, lagen sich weinend in den Armen. Freiheit! Wir waren frei! Wir hatten diese Mauer überwunden, und ich durfte das erleben! So blau war nie der Himmel, so warm schien niemals die Sonne. Vergessen alle Grenzen, alle Soldaten und alle Trennungen – und was waren schon Mauern? Mauern zeigen deutlich, dass dahinter irgendetwas ist. Und oftmals ist es die Freiheit. Menschen hinter Mauern werden stark, sehr stark. Wir haben es geschafft, wir sind eins! Mühsam bahnte ich mir einen Weg durch die Menschenmassen. Und wie ich taten es in diesem Moment Tausende, Millionen Ostdeutsche, irgendwo im Westen. Was für ein Erlebnis. Nach so circa einer Stunde hatte ich mich bis zum Stadtkern dieses eigentlich so friedlichen Städtchens durchgekämpft. Die Devise hieß nun: 100 D-Mark Begrüßungsgeld abfassen! Dazu musste ich in eine Bank. Auf dem kleinen Marktplatz schien die Hölle los zu sein. Jeder wollte in irgendein Geschäft. Selbst die billigsten Ladenhüter hatten heute Erfolg. Gekauft wurde alles, was im Rahmen der finanziellen Mittel lag. Vor den Banken bewegten sich endlose Menschenschlangen. Ich musste grinsen. Diese langen Schlangen erinnerten doch sehr an die DDR. Jemand rief: „Leute, hier gibt's Bananen", und alle DDR-Leute rannten hin. Ich hingegen hielt mein Geld stolz in den Händen, wollte es so lange wie nur möglich behalten. Doch diese unsagbare Warenflut, dieses unglaublich riesige Angebot ließ auch bei mir alle Vorsätze und jeden Spartrieb dahinschmelzen. Die Ausbeute belief sich am Ende auf ein teures Marken-Jeanshemd, zwei Oldie-Schallplatten und eine silberne Armbanduhr. Den Rest hatte ich an Bratwurstständen verjubelt. Der Tag im Westen verging wie im Fluge. Und es war ein herrlicher Tag. Als ich am Abend schließlich wieder nach Hause fahren wollte, staunte ich nicht schlecht, als ich die Leute sah, die sich im Bahnhofsgebäude drängelten. Denn alle die, die gekommen waren, wollten nun wieder zurück. Und zwar alle auf einmal. Ich hatte damals noch eine recht schlanke Figur. So gelang es mir tatsächlich, mich wie ein Rettungssanitäter durch die dichte Menschenmasse hindurch zu boxen. Ja, es ähnelte eher einem Befreiungskampf als einem Reiseantritt. Die Züge fuhren ein und aus, doch die Menschenmenge ebbte nicht ab. Man hatte keinerlei Zeitgefühl mehr. Irgendwann drückte ich mit letzter Kraft einen alten Stasibonzen zur Seite und sprang in einen Waggon. Dort ging es zu wie zu Flüchtlingszeiten nach dem Krieg. Die Leute standen auf dem Klo, zwischen den Sitzen, an den Türen. Kinder wurden durch die Fenster herein gereicht. So manche teuer erworbene West-Rarität ging in diesem wilden Getümmel auf Nimmerwiedersehen verloren. Ich stand auf einem Blech zwischen zwei Waggons. Unter mir konnte ich die Gleise sehen und über mir schneite es zielgenau in meinen Kragen. Lediglich eine Metallstange verhinderte, dass ich zwischen den Metallplatten aufs Gleisbett rutschte. Jeder war sich selbst der Nächste. Und so ging die Reise los. Es war zu diesem Zeitpunkt nicht klar, ob wir jemals zu Hause ankommen. Wäre unterwegs etwas Unvorhersehbares geschehen, wären wir wohl alle drauf gegangen. Ich krampfte mich an meiner Metallstange fest und dachte nur daran, ja nicht loszulassen. Doch der Gedanke, meine hart erkämpften Westwaren zu Hause zu präsentieren, ließ mich eisern durchhalten. Zwar fiel mir bald die Hand ab, doch ich ließ nicht los. Am Grenzpunkt, den wir bereits bei der Hinfahrt passiert hatten, standen nur noch wenige Grenzer. Sie konnten gar keinen kontrollieren, weil sie gar nicht in den Zug kamen. Einige Reisende, die an den Türen standen, stiegen auf eine Zigarettenlänge aus dem Zug. Es war stockdunkel. Durch das Fenster sah ich eine seltsame junge Frau. Nein, es war ein Mädchen. Sie hatte ein weißes Kleidchen an. Sie stand einsam hinter einem Stacheldrahtzaun. Ich wunderte mich, dass sie keinerlei Regung zeigte. Keiner schien Notiz von diesem wunderschönen Wesen zu nehmen. Plötzlich winkte sie, ja, sie winkte mir zu, und sie lächelte. Ihre blonden Haare wehten im leisen Wind, der aufgekommen war. Dann vernahm ich eine Stimme. Sie sang: „*Ich wünsche Dir alles Glück dieser Erde. Bis hierher habe ich Dich begleitet. Jetzt musst Du alleine gehen. Du wirst es schaffen. Alles Gute.*" Bei diesen letzten Worten löste sich die Gestalt in Luft auf, sie verschwand einfach in der Dunkelheit. Ich war wie erstarrt. Gerade wollte ich jemand auf diese Escheinung aufmerksam machen, als sich der Zug langsam wieder in Bewegung setzte. Sicher kamen wir zu Hause an. Diese erste Begegnung mit dem Westen werde ich wohl nie vergessen. Sie hat sich tief in mein Gedächtnis eingebrannt. Es war eines der schönsten und bedeutendsten Erlebnisse, die ich in meinem Leben hatte. Ich war angekommen! Und mit mir so viele meiner Landsleute! Ein starkes Gefühl kroch durch meinen Leib. Wir Menschen halten viel aus und wir sind fähig, unser Leben grundlegend zu ändern. Wir können alles ändern, wenn wir es nur wollen. Und wir müssen immer wissen, dass wir nicht allein sind bei diesem Kampf. Dieses Mädchen am Wegesrand gab mir so viel Zuversicht. Woher sie wohl gekommen war? Oder war sie immer da? Ich wusste es nicht. Doch die Ungewissheit schien mir noch mehr Mut zu geben, Mut auf das Leben, was da noch kommen sollte. Einfach wird es nicht, das wusste ich damals schon. Doch es wird gut, denn wir sind nicht mehr allein. Wir sind aufgebrochen, um in eine neue Zeit zu gehen. In ein neues Zeitalter vielleicht. Immer werden sich Menschen auf den Weg in neue Zeiten begeben. Sie werden neue Welten entdecken. Und am Ende entdecken sie doch immer wieder nur eines: Sich selbst!

Silvesterengel der Freiheit

Es war eine merkwürdige Silvesternacht, diese Nacht im Westen! Ich hatte mich in meinem neuen zu Hause eingeigelt und wollte mich meinem neuen Roman hingeben. Nur ab und zu rief ich bei meiner Mutter an. Immerhin brauchte ich mal eine Abwechslung. Und es tat wirklich gut, ihre liebevolle Stimme zu hören. Sie meinte, ich solle doch wenigstens an Silvester nicht so viel arbeiten. Ich wollte es befolgen. Aber der Laptop befand sich in Reichweite und die Ideen sprudelten nur so aus mir heraus. Außerdem musste ich endlich etwas gegen meine magere Haushaltskasse unternehmen. Und obwohl ich bisher keinen preiswerten Verlag fand, schrieb ich einfach weiter. Man meinte, ich sei gut und es würde sich wirklich lohnen. Es war tatsächlich ein Wunder, dass mir so viel einfiel. Irgendwann aber war Schluss. Mir wurde schwindelig und eine ganz plötzliche Leere im Kopf ließ mich die Arbeit für dieses Jahr beenden. Da ich mich nirgendwo eingeladen hatte, musste ich das eintönige Fernsehprogramm über mich ergehen lassen. Wenigstens brachten sie ab und zu einen lustigen Film. Irgendwann bereitete ich mir etwas zu essen zu und wollte mich gerade an den Tisch setzen, als es klingelte. Irritiert schaute ich auf die Uhr. Es war kurz vor elf. Wer konnte das sein? Ich nahm mir vor, das Klingeln zu ignorieren und mich meinem kargen Essen hin zu geben. Doch es klingelte erneut. Einmal, zweimal, dreimal. Mir wurde diese ständige Klingelei schließlich zu bunt und ich ging zur Tür. Im Spion konnte ich aber niemanden sehen und so öffnete ich zaghaft. Der vermeintliche Gast hatte sich nur hinter einem Mauervorsprung versteckt und trat jetzt laut lachend hervor. „Hallo", rief er ver-

gnügt, „ist hier noch ein Plätzchen zum Feiern frei?"
Ich schaute den Typen verdutzt an. Ich konnte mich
nicht erinnern, diesen Mann irgendwann schon einmal getroffen zu haben. Und an eine Einladung erinnerte ich mich schon gar nicht. „Ich bin der Frank",
rief er plötzlich, „Dein Silvesterengel, Dein Engel der
Freiheit!" Grinsend schüttelte ich den Kopf, wehrte
alles, was er mir entgegenwarf, kategorisch ab. In der
Hand hielt er eine Sektflasche und ich ahnte Schlim-
mes. Hatte er etwa zu viel getrunken, dass er derart
blödes Zeug von sich gab? Aber er torkelte nicht,
stand immerhin noch aufrecht. Irgendwie wurde mir
die Situation zu bunt und ich schloss wortlos die Tür
vor seiner Nase. Schimpfend setzte ich mich an meinen Tisch zurück. Das Essen war inzwischen kalt
geworden. Ich ärgerte mich, überhaupt an die Tür
gegangen zu sein. Ungefähr zehn Minuten mochten
vergangen sein, als es erneut klingelte. Ich war derart
geladen, dass ich wutentbrannt die Tür öffnete. Der
Typ besaß tatsächlich die Frechheit, hier noch einmal
aufzukreuzen. Sogar die Sektflasche hielt er noch in
der Hand. „Ich will Dich wirklich nicht belästigen",
sagte er diesmal unerwartet ruhig. „Ich weiß, dass Du
niemanden hast, mit dem Du feiern kannst. Komm,
wir leeren die Flasche zusammen und quatschen ein
bisschen. Wenn Du mich nicht reinlassen willst, dann
zieh Dir was über. Wir gehen irgendwohin." Ich war
es leid, mich noch weiter herumzustreiten. Schnell
nahm ich meine Jacke und ging einfach mit. Mir war
es plötzlich egal, was noch geschehen würde. Und
allein wollte ich plötzlich auch nicht mehr bleiben.
Am Fluss außerhalb der Stadt setzten wir uns auf eine
Bank. Keine Menschenseele war hier draußen zu sehen. Nur von fern konnte man das Knallen der Sil-
vesterböller hören. Es war kalt und der Sekt tat wirk-

lich gut. Langsam wurde ich gesprächig und wir unterhielten uns sehr angeregt. Alle möglichen und unmöglichen Themen streiften wir. Schließlich berichtete ich ihm von meinen Sorgen. Ich erzählte ihm von meinen Finanznöten und das ich schon seit langer Zeit einen neuen Verlag suchte. Der Fremde lächelte nur und meinte dann: „Ach weißt Du, darauf kommt's doch gar nicht an. Ob Du nun erfolgreich bist und sogar viel Geld verdienst, wer fragt danach? Wen interessiert das denn wirklich? Niemanden! Es ist doch nur wichtig für Dich! Du solltest Dich vielmehr an der Welt erfreuen. Gehe doch öfter einmal hierher an den Fluss oder hinaus an die Luft. Du wirst sehen, das ist es, was man wirklich braucht." Ich schaute ihn an und spürte eine seltsame Wärme in mir. So etwas hatte ich seit Jahren nicht mehr gekannt. Es war sehr angenehm. Dann geschah etwas, das ich mir bis heute nicht erklären kann. Als wir die Flasche geleert hatten, standen wir auf und wollten noch ein Stück am Fluss entlanglaufen. Leicht beschwipst stolperte ich und stürzte der Länge nach auf den schlammigen Weg. Frank half mir wieder auf und meinte dann, dass das alles nicht so schlimm sei. Allerdings schmerzten mir sämtliche Knochen und eine Wunde klaffte an meiner linken Hand. „Auch das noch", rief ich laut. Frank schaute sich die Wunde an. Dann strich er mit seiner Hand darüber und bat mich, die Augen zu schließen. Als ich sie wieder öffnete, war die Wunde verschwunden. „Wie hast Du das denn gemacht", fragte ich total verblüfft. Frank antwortete nicht auf meine Frage, zwinkerte mir nur zu und wir liefen zurück in die Stadt. Plötzlich ertönte die Kirchturmuhr. Sie schlug Zwölf, das neue Jahr hatte soeben begonnen. Unzählige bunte Raketen und Knaller heulten los. Der Himmel leuchtete in allen

Farben. Es war so wunderschön, dass ich meinen Blick einfach nicht mehr abwenden konnte. Als ich Frank meine Begeisterung schildern wollte, war der nicht mehr da. Er musste wohl irgendwo in den zahlreichen Menschenansammlungen auf dem Marktlatz untergetaucht sein. Ich gab meine erfolglose Suche auf und trank in einer kleinen Eckkneipe noch ein Glas Sekt. Ein Hoch auf Frank und auf diese märchenhafte Silvesternacht! Als ich endlich wieder zu Hause eintraf, betrachtete ich mich von oben bis unten. Meine Kleidung hatte keinerlei Schaden bei dem Sturz genommen. Und obwohl ich in den Schlamm gefallen war, entdeckte ich keinerlei Schmutzflecken an mir. Auch meine Hand zeigte keine einzige Verletzung. Ich konnte mir das nicht erklären. Aber ich war glücklich, nicht allein in dieser Silvesternacht geblieben zu sein. Erleichtert, aber auch nachdenklich schaute ich mir dieses faszinierende Feuerwerk in meiner neu gewonnen Freiheit von meinem Arbeitszimmer aus an. Es war nun doch noch eine gelungene Silvesternacht geworden. Irgendwann ging ich schließlich ins Bett. Zu meiner großen Freude meldete sich drei Wochen später ein großer bekannter Verlag. Er wollte alle meine Texte verlegen. Und er wollte sogar in Vorleistung gehen. Als ich zu einem Vorgespräch eingeladen wurde, entdeckte ich im Foyer des Verlages ein merkwürdiges Ölgemälde. Der Verlagsleiter bemerkte meine Neugier. „Gefällt es Ihnen? Das ist von einem alten Meister. Es nennt sich „Der Silvesterengel" und ist um 1425 entstanden. Ist das nicht ein wirklich gelungenes Bild?" Ich musste ihm recht geben. Auf dem Bild war ein junger Mann zu sehen. Er hielt eine Sektflasche in der Hand und lächelte. Ich erkannte ihn sofort! Es war Frank, der Fremde aus der Silvesternacht, mein Engel der Freiheit!

Das Wichtigste auf dieser Welt
Sind stets das Leben und die Kraft
Ist Hoffnung, die uns sicher hält
Und Liebe,
Die uns leidend macht

Mein schönstes Geschenk
(Betrachtungen meiner Mutter)

Es war im Sommer 69. Ich lebte von meinem Mann getrennt. Er arbeitete im Ausland, ziemlich weit weg. Sicher, es war schwer, den Jungen allein groß zu ziehen. Ich arbeitete damals in Chemnitz als Säuglings- und Kinderkrankenschwester in drei Schichten. Auch wenn wenig Zeit blieb, unternahm ich so oft ich konnte etwas mit meinem Sohn. Stundenlang gingen wir spazieren. Und als ich ihm das lang ersehnte Fahrrad schenkte, konnte er unterwegs sein und mit seinen Freunden baden fahren. Meine Mutter half mir in dieser schweren Zeit, wo sie nur konnte. Mit vereinter Kraft kamen wir über die Runden. Und obwohl die damalige DDR viel für junge Mütter tat, musste man doch zusehen, wie man die Dinge unter einen Hut bekam. In diesem Sommer jedenfalls war es besonders schön. Es war ein wunderschöner Sommer am Meer. Ein FDGB-Ferienplatz, der kaum Wünsche offenließ. Meinem Sohn gefiel es am Meer. Er war und ist eine regelrechte Wasserratte. Doch bereits auf der Heimreise hatte ich immer wieder diese bohrenden Schmerzen im Oberbauch. Ich konnte es mir einfach nicht erklären. All diese wundervollen Tage am Meer. Die Wanderungen, das Schwimmen – ich hatte nie etwas bemerkt. Und nun? Pit, mein damals achtjähriger Sohn durfte nichts von alledem mitbekommen. Darauf achtete ich sehr. Doch in der Nacht, als wir im Schlafwagen in die Heimat zurückfuhren, konnte ich vor Schmerzen kein Auge zu tun. Nervös lief ich den langen Gang vor dem Abteil auf und ab. Der Schaffner fragte mich, ob er mir helfen könnte. Doch ich winkte nur ab und zwang mir dabei ein verkrampftes Lächeln aufs Gesicht. Irgendwie musste es gehen! Natürlich fielen mir seine besorgten Blicke auf; wieder und wieder kam er aus seinem Dienstabteil und rollte bedenklich mit den Augen. Am nächsten Morgen, längst hatte ich den Frühstücksbeutel aus der Reisetasche gekramt und die Thermoskanne mit Früchtetee auf die Ablage unterm Fenster abgestellt, weckte ich meinen Sohn. Verschlafen schaute er mich an. „Wir sind bald da. Komm, Du musst noch etwas frühstücken", sagte ich leise. Die Schmerzen hatten merkwürdigerweise etwas nachgelassen. Auf dem Chemnitzer Hauptbahnhof half mir der Schaffner aufopferungsvoll, die schweren Koffer aus dem Abteil zu tragen. „Kann ich sonst noch was für Sie tun, junge Frau", meinte er nur. Ich verneinte. „Na denn, kommen Sie gut heim." Pit sprang schon übermütig auf dem Bahnsteig herum und zählte die einfahrenden Züge. Ich war glücklich, ihm wieder einen schönen Urlaub ermöglicht zu haben. Doch plötzlich kehrten die Schmerzen zurück. Sie wurden stärker und stärker. Zeitweise wurde mir so schlecht, dass ich die Koffer absetzen musste, um tief durch zu atmen. Und da waren auch diese quälenden Ängste! Was, wenn ich nicht mehr in der Lage wäre, mich um meinen Sohn zu kümmern. Was, wenn ich plötzlich... Ich konnte diesen Gedanken nicht zu Ende denken, denn ich spürte bereits, wie die ersten Tränen aus den Augen rannen. Hastig zog ich ein Zellstofftaschentuch aus der Tasche und wischte mir heimlich die Augen trocken. Hoffentlich hatte Pit nichts bemerkt. Doch der schien bester Laune und hatte bereits einen kleinen Eisstand im Visier. „Nur nicht an die Schmerzen denken", zwang ich mich, „Du musst Deinen Jungen groß bekommen! Du hast für ihn da zu sein! Du musst!" Die Bahnfahrt bis in unsere kleine Stadt schien sich mein Körper an die drastischen Befehle zu halten. Doch als wir endlich daheim auf dem kleinen Bahnhof ankamen, hielt ich es vor Schmerzen einfach nicht mehr aus. Ich drückte Pit zwanzig Pfennig in die Hand und bat ihn, bei Evi und Kurt, meiner Schwester und meinem Schwager, anzurufen. Sie besaßen ein Fahrzeug und sollten uns vom Bahnhof abholen. Es dauerte nicht lange bis sie kamen. Sie bemerkten sofort, dass mit mir etwas nicht stimmte. Ich wollte es ihnen erklären. Doch dazu kam ich nicht mehr. Mir wurde übel und taumelig. Ich spürte, wie ein leichtes Taubheitsgefühl durch meine Gliedmaßen fuhr und mir die Kräfte nahm. Große Angst machte sich breit, vor allem die Angst um meinen Sohn. Was sollte nur aus ihm werden, wenn ich kein Geld mehr verdienen konnte? Niemals wollte ich ihn in irgendein Heim geben. Ich musste doch für ihn da sein. Evi rief den Notarzt an. Frau Dr. Müller kam sofort. Sie war eine gute Freundin und ihre Praxis lag nicht sehr weit entfernt. Wenigstens kein fremder Arzt, dachte ich nur. Plötzlich bekam ich keine Luft mehr. Ich röchelte nur noch und ein schneidender Schmerz zuckte durch meinen Leib. Die Sinne schwanden mir. Ich fiel und fiel, endlos tief. Ich sah viele Etappen meines Lebens an mir vorüberziehen, sah die Geburt meines Sohnes – und am Ende eines seltsamen Tunnels ein weißes, warmes, wunderbares Licht. Rasch kam es näher alle Schmerzen vergingen und mir wurde leicht, so unendlich leicht. Unter mir breitete sich die Erde aus, eine Szenerie wie in einem Science-Fiction-Film. Ich sah, wie sich Ärzte über eine leblose Frau beugten, wie die Frau beatmet wurde, wie ein kleiner Junge weggeführt wurde. Ich wusste damals nicht, dass ich mich selber sah. Das weiße Licht war plötzlich so nah, dass ich es beinahe greifen konnte, da flackerte plötzlich ein greller Blitz auf und abrupt wurde es schwarz um mich herum! Nur eine leise Stimme sang aus der Ferne:

Oh Du wundervolles Leben, Du
Gabst mir viel, doch niemals Ruh
Gabst mir meinen lieben Sohn
Gabst mir Kraft als schönsten Lohn

Oh Du wundervolles Leben, ach
Halte meine Sinne wach
Denn mein Sohn braucht mich so sehr
Lass nicht zu, dass ich verlier

Wenn´s Dich gibt, Du lieber Gott,
Mach gesund mich,
Mach mich flott
Meine Zeit, ich spüre es,
Ist nicht um, muss leben jetzt

Als ich erwachte, fiel mein Blick auf ein kleines geöffnetes Fenster gegenüber von meinem Bett. Ich versuchte, mich aufzurichten, doch es gelang mir nicht. Kraftlos fiel ich in die weißen Kissen zurück. Ich riss die Augen auf, wollte irgendetwas sehen, doch ich war einfach zu müde. Immer wieder fielen mir die scheinbar schweren Augenlider zu. Aus der Ferne vernahm ich eine Stimme. Sie rief fortwährend meinen Namen: „Hallo Frau Vogt! Aufwachen! Frau

Vogt, hören Sie mich?" Mühsam gelang es mir endlich, meine Augen einen winzigen Spalt zu öffnen. Schemenhaft erkannte ich weit über mir das Gesicht einer jungen Frau. Ihre dunklen Haare hoben sich unnatürlich grell von ihrer weißen Bekleidung ab. Sie lächelte mich an. Ich glaubte, im Himmel angekommen zu sein. War das ein Engel? „Wo bin ich", hörte ich mich wispern. Mit beruhigender Stimme sagte die junge Frau: Sie sind im Krankenhaus. Und sie haben die Operation gut überstanden, ich bin Schwester Ina." Ungläubig starrte ich die Schwester an. Ich glaubte wohl noch immer, im Himmel zu sein. Doch so langsam kehrten die Erinnerungen zurück. Und seltsam verwirrt säuselte ich: „Operation? Was für eine Operation? Und wo ist mein Sohn?" Ich erholte mich schnell. Pit war bei meiner Mutter, die sich rührend um ihn kümmerte. Später erfuhr ich, dass ich zusammengebrochen war. Die Ärztin brachte mich umgehend ins Krankenhaus. Dort wurde mir die Gallenblase entfernt. Außerdem diagnostizierte man eine Entzündung der Bauchspeicheldrüse bei mir. Der behandelnde Arzt offerierte mir, dass dieses Leiden nicht besser werden würde. Im Gegenteil, ich müsste nun erstrecht sehr stark auf meine Gesundheit achten. Ich durfte nicht mehr alles essen und brauchte etliche Medikamente. Insgesamt sechs Wochen lag ich im Krankenhaus. Nur an den Besuchstagen sah ich meinen Sohn, den meine Mutter jedes Mal mitbrachte. Es brach mir damals fast das Herz, ihn so traurig zu sehen. Evi und Kurt brachten mir alle drei Tage frisches Obst, obwohl ich es eigentlich noch gar nicht essen durfte. Alle waren sehr bemüht und sorgten sich sehr. Doch es wollte einfach nicht aufwärts gehen mit mir. Eines Nachts starb Irene, mit der ich all die lange Zeit im Zimmer lag. Sie litt an der gleichen Krankheit. Ihre

Bauchspeicheldrüse hatte einfach aufgehört zu funktionieren. Ich mochte sie sehr, und dieses Erlebnis brachte mich beinahe an den Rand der Verzweiflung. Es warf mich um Wochen zurück. Ich weinte sehr viel in dieser Zeit. Manchmal hörte ich meinen Sohn, wie er vor dem Fenster meines Krankenzimmers stand und nach mir rief: „Hallo Mami, bist Du da? Wie geht's Dir?" Ich schleppte mich dann zum Fenster, nur um ihn zu sehen. Das gab mir wieder die nötige Kraft, um weiter durchzuhalten. Denn oft wusste ich nicht, wie lange ich all das noch ertragen könnte. In einer der folgenden Nächte wurde ich von einem lauten Geräusch aus meinem leichten Schlaf gerissen. Es musste von draußen kommen. Ich hob mich umständlich aus dem Bett und wankte zum Fenster. Draußen fielen dicke Flocken vom Himmel und vor dem Haus stand eine sehr hohe Tanne. Ihre Zweige wurden vom Wind immer wieder an die Scheiben geweht. Ich legte mich zurück ins Bett, wollte weiterschlafen. Da fiel plötzlich ein helles Licht, welches über der Tanne zu schweben schien, auf mein Bett. Ich erschrak, dachte im ersten Moment, jemand würde mit einer Taschenlampe vor meinem Fenster herumspielen. Doch wer sollte um diese Zeit mit einer Taschenlampe in ein Krankenzimmer leuchten? Ich blinzelte in den Lichtstrahl hinein. Doch so sehr ich mich auch mühte, ich konnte nicht erkennen, woher es wirklich kam. Mir blieb nichts weiter übrig, als noch einmal aufzustehen und den Vorhang herüber zu ziehen. Dann würde ich wenigstens nicht mehr so geblendet. Als ich am Fenster stand, schaute ich noch einmal hinauf zu dem mysteriösen Licht. Es kam geradewegs aus den Wolken. Mit ganzer Kraft traf mich der vermeintliche Lichtkegel. Doch was war das? Obwohl es recht kühl im Zimmer war, wurde mir plötzlich warm, angenehm warm. Wie genannt starrte ich in das Licht. Es wurde nicht nur wärmer. Auch fühlte ich mich in diesem Augenblick stark, so stark wie nie vorher. Wie kam das nur? Instinktiv faltete ich meine Hände und sprach ein Gebet. Dabei dachte ich immerzu an meinen Sohn, der jetzt vielleicht schlaflos in seinem Bettchen lag und an seine Mami dachte. Plötzlich verlosch das Licht. Ich wollte noch eine Weile am Fenster bleiben, vielleicht kehrte es ja zurück. Doch die Kälte zwang mich schließlich, mich wieder ins Bett zurück zu legen. In dieser Nacht hatte ich einen seltsamen Traum: Ich sah mich, wie ich plötzlich aus mir selbst emporwuchs. Ich sah mich mit meinem Sohn und meiner Familie unterm Tannenbaum sitzen. Wir umarmten uns und feierten Weihnachten. Es war ein wunderschöner Traum. Alles schien so real. Ich glaubte, alles würde wirklich geschehen, ich hoffte es so sehr. In den folgenden Tagen besserte sich mein Zustand zusehends. Schließlich konnte ich aus dem Krankenhaus entlassen werden. Mein Sohn und meine Mutter holten mich ab. Weinend fielen wir uns in die Arme. All die schwere Zeit, all das Leid schienen wie weggefegt. Und mir wurde mein sehnlichster Wunsch erfüllt, ich durfte meinen Sohn wieder an mein Herze drücken! Ich durfte mit ihm sprechen und ihn streicheln, so wie früher. Auch mein Arzt kam aus dem Staunen nicht mehr heraus. Er gestand mir, so etwas noch nie erlebt zu haben. Und ich konnte mein Glück einfach nicht fassen.

Was ist´s nur für Freude
Ach, was für ein Tag
Kanns nicht beschreiben, was ich auch sag
Zu spüren, zu fühlen, es geht wieder gut
Die Lieben zu sehen, das macht so viel Mut

Die Nächte, die Sorgen
Sind endlich vorbei
Im Herz, in der Seele bin ich wieder frei
Ich wollt nur noch weinen vor Freud und vor Glück
Voll Dank kann ich singen:
„Ins Leben zurück!"

Am Heiligabend desselben Jahres war ich wieder zu Hause. Ich besorgte eine wunderschöne Kiefer. Und wie an jedem Weihnachtsfest putzten mein Sohn und ich den Baum einen Tag vor dem Fest an. Am Heiligen Abend waren wir dann alle zusammen. Es war mein schönstes Geschenk, wieder gesund geworden zu sein. Es war das allerschönste Geschenk, zusammen mit meinem Sohn und mit meiner Familie das Weihnachtsfest erleben zu können. Von dem seltsamen Erlebnis mit dem Licht hatte ich niemandem erzählt. Es blieb mein Geheimnis. War es das Licht oder meine eigene Kraft, die mich so stark werden ließ? Ich denke, es war wohl beides zusammen. In den folgenden Nächten beobachtete ich eine helle Sternschnuppe, die zwischen all den Myriaden von Sternen und unzähligen Wünschen der Menschen geheimnisvoll über das Dach unseres Hauses huschte und mir sagte, Du bist stark und wirst es schaffen!

Wiedersehen

Es war ja nur ein bisschen Ruhe, was sie sich am Abend ihres langen Lebens noch wünschte. Oma Paulsen lebte in einem idyllisch gelegenen Pflegeheim am Rande einer großen Stadt, ganz tief im Osten der DDR. Irgendwie spürte sie einen Hauch von Abschied in sich. Sie konnte es niemandem beschreiben und sie hatte auch keinen, dem sie es hätte sagen können. Wenn sie in ihrem Bett lag, schaute sie oft durch das geöffnete Fenster hinauf in den Himmel. Die Sterne schienen ihr so nah, viel zu nah. Sie wollte eigentlich noch gar nicht dorthin. Doch sie fürchtete sich nicht. Manchmal hörte sie den Mond, wie er zu ihr sprach: „Komm, komm zu mir, brauchst jetzt endlich Ruh. Ich warte auf Dich." Dann schloss sie ganz schnell ihre Augen und schlief ein. Das tägliche Einerlei ließ sie schon lange kalt. Sie kannte es ja immerhin lange genug. Und wer sollte sie jetzt noch bekehren? Immer musste sie sich irgendwie durchkämpfen.

Geschenkt wurde ihr nie etwas. Da hieß es nur: Durchhalten! Und immer, wenn die Krankenschwester nach ihrem Befinden fragte, zog sie ein saures Gesicht und meinte dann zickig: „Na, wie soll es mir schon gehen! Ich leb ja noch! Holen Sie mir lieber eine Tasse Tee." Dann lief sie mit ihrem Stock, so schnell sie noch konnte, hinaus in den Park. Auf der alten Bank unter den Linden, wo sie keiner fand, träumte sie vor sich hin und erinnerte sich an die alten, längst vergangenen Zeiten.

Ach, liebe Oma Paulsen
Du denkst so oft ans Glück
Du warst so jung an Jahren
Und warst einst so verrückt

Ach, liebe Oma Paulsen
Der Wind streicht durch Dein Haar
Jetzt träumst Du untern Linden
Von dem, was damals war

Ein bisschen wehmütig schaute sie hinüber zu dem kleinen Teich im Schilf. So gern würde sie noch mal in das kühle Nass springen- so richtig kraftvoll und mutig. Nein, ängstlich war sie damals nie. Doch das Alter hatte wohl die Knochen weich gemacht, aber nur ein ganz klein wenig. Die alte Bank war niemals schmutzig. So oft, wie sie auf ihr gesessen hatte, blieb nahezu kein Stäubchen auf ihr haften. Nur die weiße Farbe blätterte so langsam von ihr ab. An diesem Tage regnete es, und es wollte einfach nicht mehr aufhören. Eigentlich wollte die Schwester nicht, dass Oma Paulsen bei diesem Wetter nach draußen ging. Schließlich blinzelte aber doch noch die Sonne durch die Wolken. Und die sonst so mürrische Schwester ließ sich umstimmen. Draußen war es kühl und über dem Gelände lag ein würzig frischer Geruch von feuchtem Laub. Oma Paulsen liebte das sehr und atmete tief ein. In jeder Ecke des Parks hatte sich der Herbst niedergelassen. Doch irgendwie schien es viel stiller als sonst zu sein. Kein Vogelgezwitscher, kein Rascheln, nichts. Nur unzählige Regenwürmer sielten sich in den Pfützen der morastigen Wege. Plötzlich fühlte sie sich wieder jung und unendlich stark. Vielleicht lag das ja an der frischen Luft und an dem würzigen Aroma, welches unablässig in ihrer Nase kitzelte. Die alte

Bank unter den mächtigen Linden war trocken geblieben. Im Wasser des kleinen Teiches spiegelte sich die noch immer anwesende Sonne wider. Was für ein wunderbares Schauspiel der Natur. Von der Sonne geblendet hielt sie sich die Hand vors Gesicht und nahm genüsslich auf der Bank Platz. „Ach, wie herrlich!", seufzte sie leis. Als sie ihren Stock an die Bank lehnte, fiel ihr ein Briefumschlag auf, der zwischen den morschen Latten der Lehne klemmte. Erstaunt zog sie den Umschlag hervor. „Wie kommt der denn hierher? Hat den jemand vergessen", wunderte sie sich. Der Umschlag war total durchnässt und der Regen hatte die Buchstaben bereits verwischt. Nervös holte sie ihre starke Hornbrille aus der Manteltasche hervor. Dann versuchte sie, die Schrift auf dem Umschlag zu entziffern: „An Oma Paulsen" stand da fast schon unleserlich geschrieben. „Das gibt's doch gar nicht", rief sie erstaunt. Neugierig riss sie den Umschlag auf und zog den sorgfältig gefalteten Bogen heraus. Dann las sie die handgeschriebenen Sätze: „Hochgeschätzte Frau Paulsen. Ich habe Sie schon ein paar Tage hier im Park beobachtet und festgestellt, dass ich sie kenne." Verunsichert schaute sie sich um. Wer konnte das gewesen sein? Sie konnte aber niemanden entdecken und las weiter.
„Übrigens kennen Sie mich auch. Erinnern Sie sich, damals in Berlin, gleich nach dem Krieg? Sie haben mich aufgelesen und gepflegt. Ich war damals noch ein kleiner Junge und ich hatte keine Eltern mehr. Vielleicht fällt es Ihnen wieder ein? Mein Name ist Adrian aus Breslau. Also dann schöne Stunden noch."
Mit zittrigen Händen faltete sie den Brief zusammen und wischte sich die Tränen aus den Augen. Ja, natürlich erinnerte sie sich noch. Adrian, der kleine Junge, der immer groß sein wollte und auch immer zu

Scherzen aufgelegt war. Auf einmal war er mit Sack und Pack verschwunden, ohne zu sagen, wohin er wollte. Sie kam damals nicht darüber hinweg. Und auch jetzt, nachdem sie diese Zeilen gelesen hatte, schien ihr plötzlich das Herz zu zerbrechen. Allein der Gedanke an Adrian, an die Nachkriegszeit. Wie haben sie damals gekämpft um ein Stück Brot. Stein auf Stein haben sie gestellt, die Trümmer des Krieges weggeräumt, die Männer waren im Krieg geblieben... Sie schaute sich noch einmal um. Irgendwo musste er doch stecken. Sicher beobachtete er sie, sie fühlte es genau. „Adrian", rief sie laut, „kommen Sie doch hervor, ich weiß, dass Sie hier sind!" Aber es blieb ruhig. Nur eine riesige Regenwolke hatte sich vor die Sonne geschoben. Es wurde immer dunkler und die ersten Tropfen rieselten zur Erde. Jetzt wurde ihr die Sache zu dumm. Außerdem fror sie ein wenig. Sie stand auf und begab sich langsamen Schrittes zurück zum Haus. Plötzlich tippte ihr jemand auf die Schulter. Sie erschrak, doch hatte sie irgendwie darauf gewartet. Lächelnd drehte sie sich um. „Adrian, Sie?" „Nein Du", sagte der ältere Herr hinter ihr. Mit seinem schlohweißen Haar auf dem Kopf nickte er wie ein kleiner Junge und drückte sie fest an sich. Sie hatte ihn sofort erkannt, als hätte es die vielen Jahre dazwischen nie gegeben. Die beiden begaben sich zurück zur Bank. Adrian spannte seinen großen schwarzen Stockschirm auf und die beiden unterhielten sich darunter, bis es dämmerte. Kalt wurde es, doch das störte die beiden nicht. „Gefällt es Dir wirklich hier im Heim", fragte Adrian mit leiser Stimme. „Lass uns einfach abhauen. Komm mit zu mir in mein kleines Haus im Westen. Wir eröffnen ein Detektivbüro und beobachten die Leute, heimlich, ohne dass die etwas merken." Oma Paulsen warf Adrian einen misstrauischen Blick zu. Hatte er das wirklich ernst gemeint? Ein Detektivbüro, in unserem Alter, verrückt! Und wie sollten sie wohl ausgerechnet in den Westen kommen? Aber so war er ja schon immer. Sie wollte ausweichen. Aber als sie an das tägliche Einerlei, die ewig fürsorgliche Schwester und die triste Einsamkeit im Heim dachte, willigte sie ein. „Wann solls denn losgehen", erkundigte sie sich grinsend. Adrian hob den Kopf und meinte dann vielsagend: „Na sofort, komm!" Die beiden erhoben sich und versteckten sich flugs hinter einer dichten Hecke. Aus der Ferne ertönte bereits die nervige Stimme der besorgten Schwester. Doch sie konnte Oma Paulsen nicht finden. Die lag vergnügt in Adrians Armen und freute sich diebisch, der Schwester eins ausgewischt zu haben. Dann begaben sich die beiden Flüchtlinge auf Umwegen zum Parkplatz, wo Adrians Wagen stand. Sie stiegen ein und brausten davon. Unterwegs lachten sie aus voller Kehle und Oma Paulsen war so glücklich wie schon seit Jahren nicht mehr. „Aufregend, aufregend", stieß sie hervor und trällerte dabei vergnügt einen Schlager aus ihrer Jugendzeit. Die beiden kehrten niemals mehr zurück und nur Adrian kannte den Weg in die Freiheit im Westen. Irgendwie schienen die beiden ihr Glück wiedergefunden zu haben, denn sie hatten sich wiedergefunden. Aber waren die beiden wirklich im Westen angekommen?

Lisa

Lisa,
Eine Frau vom Osten
Einstmals tiefste DDR
Wollt vom Wohlstand auch mal kosten
Doch das Leben ward sehr schwer

Immer wieder ohne Arbeit
Arbeitslos
Ein Schimpfwort bald
Ziemlich fern manch´ schlaue Klarheit
Lisa stand ganz tief im Wald

Einst als Weberin erfolgreich
Den Betrieb gabs längst nicht mehr
Nun im Westen wenig glorreich
Wo kam neue Arbeit her

Auf dem Arbeitsamt die Blöde
Die Vermittlerin
Die Wut
Lisa fand das dumm, plump, schnöde
Und sie wusste:
-Ich bin gut-

Doch woher die Arbeit nehmen
Wenn man über 50 ist
Hilfsarbeiter
Tüten kleben
Weil sonst nichts zu holen ist

Eines nachts jenseits vom Traume
Zog sie sich was „Geiles" an
An der Straße, unterm Baume:
Manche Frauen
Mancher Mann

Ja, so lief sie stracks dort runter
Stellte sich recht lecker auf
Plötzlich warn die Nächte bunter
Weil sie selbst stand zum Verkauf

Sie kassierte ein Vermögen
Alles schien so wunderbar
Klar, das war wohl nix für jeden
Auf dem Strich ward sie ein Star

Nur die Liebe starb ganz leise
Nein, sie fühlte gar nichts mehr
Und so ging sie auf die Reise
Ganz weit weg
Ans ferne Meer

Mit dem Geld
Mit dem Vermögen
Kaufte sie ein kleines Haus
Dort am Strand,
Da wollt sie leben
Alles sah so anders aus

Plötzlich spürte sie im Herzen
Was sie fühlte
Was noch zählt
Lag im Schein von hundert Kerzen
Froh am Strand
In ihrer Welt

Lisa hat den Traum gefunden
Jenseitig der tristen Welt
Leben will sie
Unumwunden
Ohne Mann
Und
Ohne Geld